Y

LA
DJEZAÏRIADE

HISTOIRE

Analytique, Comique, Anecdotique et Commerciale

DE L'ALGÉRIE

*depuis les temps les plus reculés, jusqu'au jour de la
conquête d'Alger par les Français.*

POËME EN 3 CHANTS

PAR

LEGIÉ-PROVANÇAL

Ancien Capitaine de l'armée d'Afrique, ex-adjoint du bureau Arabe de Mascara.

PRIX: 50 Cent.

VICHY

IMPRIMERIE C. BOUGAREL, RUE LUCAS.

—

1874

LA

DJEZAÏRIADE

><><

HISTOIRE

Analytique, Comique, Anecdotique et Commerciale

DE L'ALGÉRIE

*depuis les temps les plus reculés, jusqu'au jour de la
conquête d'Alger par les Français.*

POËME EN 3 CHANTS

PAR

LEGIÉ-PROVANÇAL

Ancien Capitaine de l'armée d'Afrique, ex-adjoint du bureau Arabe de Mascara.

VICHY

IMPRIMERIE C. BOUGAREL, RUE LUCAS.

—

1874

LA DJEZAÏRIADE[1]

❦

CHANT Ier

Siècles nébuleux

J'entreprends de chanter d'une manière épique
Tout ce qui se passa dans le nord de l'Afrique.
O Muse, je t'invoque au seuil de ce récit ;
Eclaire-moi, soutiens celui-là qui me lit !
Or, j'ai d'autant plus droit aux faveurs de la Muse,
Que, depuis que j'écris, elle me les refuse.

Alger ! ce nom magique est sorti de ma lyre
Comme l'écho lointain d'une voix qui soupire !
Quiconque un jour, a vu, sous son climat de feu
Alger, ses maisons blanches et son ciel toujours bleu,
Et le panorama des terrasses en cascades,
Quiconque a contemplé la ville de la rade,
Me fût-ce qu'un instant, la reverra toujours !
Un rêve oriental !... avec trop de tambours.

(1) L'Algérie, Alger se dit en arabe : DJÉZAIR, Les îles.

L'histoire Algérienne est, d'abord à vrai dire,
Un ramassis de faits, mal aisés à décrire,
Un mélange confus, que les historiens
Ont transmis au hasard, sans ordre, sans liens,
Vieilles traditions que l'on n'ose pas croire ;
Récits faux, saugrenus, lourds, obscurs, un grimoire !

Certains contemporains ont-ils un vrai souci
D'aller jusqu'au déluge, et de connaître si
Ce furent des Hadars, Berbères ou Kabyles,
Qui, jadis ont vécu dans ces pays fertiles.
Procope en a parlé comme des Lydiens (1)
Qui seraient descendus des vieux Gergériens (2),
Des Gétules aussi, dont, selon son idée (3),
Josué nettoya le sol de la Judée.

Procope est très-connu, le président Cousin
Qui, depuis, a traduit dans un français malsain
Quatre livres entiers de la guerre des Perses,
Son histoire des Gots, leurs guerres, leurs traverses,
Quatre bouquins encor, ce qui fait huit en tout ;
Le président Cousin est connu de beaucoup.

Le fameux Josué l'est encore davantage,
Dont la Bible attesta la ruse et le courage
Au point qu'on n'a jamais vu depuis, son pareil
Pour savoir à propos arrêter le soleil,

(1) Les premiers écrivains de la Grèce donnèrent le nom général de Lybie (ou Lydie) à toutes les contrées de l'Afrique, situées à l'Ouest de l'Egypte.

(2) Les Gergériens et les Jébuséens habitaient le pays de Chanaan.

(3) Les Gétules qui formaient le noyau primordial de la région de l'Atlas étaient réputés Autochtones, si on remonte aux sources bibliques et à la dispersion des Tribus Chaldéennes après la confusion de Babel, on verra que la filiation de ce peuple se rattache à la postérité de Cham le père des Africains.

En sonnant du clairon abattre les murailles
Et mettre à la raison tant de peuples canailles (1).

Mais on sait bien aussi qu'Alexandre le grand,
Lorsque, dans ce pays, il vint en conquérant,
Et qu'il en eût chassé le Persan téméraire (2)
Qui, véritablement, n'avait là rien à faire ;
Tout naturellement, voulant les remplacer,
Attira bien des gens qu'il alla ramasser
En Mésopotamie, et dans la Bithynie,
Dans la Paphlagonie, ainsi qu'en Arabie,
En Bactriane enfin, et dans bien d'autres lieux.
Quels colons ces gens-là devaient être, grands Dieux !
Ces êtres mal famés furent peupler le Tell (3),
Cette Macédoine, ce mélange fut tel
Qu'on ne pourrait jamais retrouver aujourd'hui
D'où descend chacun d'eux et qui les a produit.
Mais il n'est pas séant d'en parler davantage,
Retranchés dans l'atlas, éloignés de la plage,
Ou bien dans quelque site autour du Djurjura (4),
Ils ne parurent plus que dans de rares cas,
En comparses chargés de quelque mauvais coup,
Dans la plaine aussi bien que sur le Sabaou (5).

Comme pour tous faits avant le moyen-âge,
On ne sait pas très-bien comment naquit Carthage (6) ;

(1) Les rois Amorrheens qu'il défit en entier.
(2) Douze siècles après la prise de Jéricho.
(3) Cette grande partie du pays qui se trouve entre le littoral et
les hauts plateaux ; les chevaux qui viennent dans cette contrée sont
les plus estimés en Algérie.
(4) Chaîne de montagnes au Sud de la grande Kabylie, la plus
élevée d'Afrique.
(5) Rivière au pied et au Nord de la grande, Kabylie, dont en certains endroits, les bords sont escarpés et caverneux.
(6) Plusieurs auteurs s'accordent à dire que Carthage fut fondée par
Didon, avec une colonie de Phéniciens. vers l'an 860 av. J.-C.

Les avis sont divers chez de certains auteurs ;
Que l'on soit de Virgile ardents admirateurs,
Il est bien malaisé, cependant, d'avaler
Les bourdes qu'à ce poëte il a plu de chanter :
C'est Didon qui, dit-on, bâtit en femme habile,
De ses royales mains, les murs de cette ville.
L'histoire est d'un côté, de l'autre l'Enéïde ;
Voilà tout, que chacun examine et décide.
Rome haïssait Carthage, et sut avec succès
La combattre, et la fit tomber dans ses filets.
On le sait, c'est après cette guerre punique (1)
Que les Romains parvinrent à occuper l'Afrique,
Et, pour mieux s'y fixer définitivement,
Maçonnèrent partout assez solidement.
Bons soldats, ces Romains, et maçons sans rivaux,
Partout ils ont laissé de solides travaux ;
Et de leur grand renom la principale cause
Fut le ciment romain, une très-forte chose.
On trouve encor leur trace en quelque monument,
Auprès de Constantine, ou d'Alger, ou d'Oran,
A Tenez, Blidah, Cherchel et Mascara,
Et dans tout le pays, jusqu'à Pomaria (2).

Oh ! ce fut un grand jour, jour de fête publique (3),
Où la race Latine essaima dans l'Afrique.
Depuis lors, les Romains vécurent paisiblement,
Ou du moins à peu près, car ils eurent souvent
Maille à partir avec les bandits de la plage
Qui vivaient de rapines, ou plutôt de pillage.

(1) Plusieurs guerres puniques eurent lieu entre les Carthaginois
et les Romains ; la 1re de 264 à 242 av. J.-C. — la 2e de 219 à 202 av.
J.-C. — la 3e de 149 à 146 av. J.-C., se termina par la destruction de
Carthage.
(2) Tlemcen.
(3) La bataille de Zama 202 av. J.-C.

Mais ce jour fut suivi d'autres jours moins propices ;
Jamais possessions ne furent plus factices...

Rome à son tour tomba, tout tombe, c'est le hic,
Et l'Afrique eut alors affaire à Genséric (1).
Comment trouver, chacun le sait et peut le dire,
Dans un pays détruit, quelque chose à détruire
Si Vandale qu'on soit ?... Genséric y parvint
Sans beaucoup de tracas, vers l'an quatre cent vingt.
Mais, quelque temps après, voilà que Bélisaire
Qui n'était pas encore tombé dans la misère,
Tomba sur ces gens-là qui, sans foi, ni sans loi,
Avaient alors un roi de très-mauvais aloi (2)
Et dont ils désiraient ardemment se défaire,
Ce service leur fut rendu par Bélisaire
Qui le battit, le prit, et gracieusement
Vous le fit empaler par son gouvernement ;
Le pal était d'usage, faute de guillotine.
Ensuite, et pour longtemps, la sagesse divine
Seule, pourrait nous dire, encore est-ce certain ?
Ce qui pût arriver sur le sol africain !
Luttes, guerres, assauts, massacres et pillages,
Et toutes les horreurs, et tous les brigandages !
Faute de documents ; on admet cependant
Qu'un Okba-ben-Ouamir fut assez impudent (3)
Pour amer de loin quatre-vingt mille drôles (4)
Aussi friands de sang qu'amateurs de pistoles,
Avec lesquels Okba, qui les connaissait bien,
Massacra trop de gens qui ne lui disaient rien !

(1) Roi des Vandales, conquit l'Afrique de 423 à 477.
(2) Gelimer.
(3) Okba ben Ouamir peut-être Ben Emir, vers l'an 645, descendant
de Fatime, les Fatimites chassèrent d'Afrique les Aglabites et les
Edrissites et régnèrent en Mauritanie de 909 à 1171.
(4) De la Mecque.

En un mot, son ardeur fut telle à la besogne,
Qu'il en détruisit bien la moitié sans vergogne,
Et qu'il osa de plus, cet être sans pitié,
Sous les lois du Coran, courber l'autre moitié.

Une tradition dit que ce grand personnage
Parvenu tout au bout du pays, sur la plage,
Lança jusques aux flots son coursier indompté,
Et jetant vers le ciel un regard irrité,
Cria : « Tu vois, Allah ! qu'ici la mer m'arrête,
« Que je ne puis plus loin poursuivre ma conquête !
« Ni tuer ni voler davantage en ton nom !

Animé, comme on croit, par le fameux renom
Qu'Okba s'était acquis dans l'Arabie heureuse,
Et, guidant une armée encore plus nombreuse,
Un autre scélérat appelé Ben-Nacer,
Fils de Moussa, dit-on, mais plutôt de l'enfer,
Plus féroce qu'Okba, ce qui n'est pas peu dire,
En Afrique, vers l'an cent-vingt-trois de l'Hégire,
Se mit sur nouveaux frais, pendant assez longtemps
A piller, convertir et massacrer les gens,
Puis, on ne sait plus rien, si ce n'est que Vandales,
Zénètes, Musulmans, races jadis rivales,
Trente ans plus tard avaient fait alliance entr'eux.
C'est bien, mais d'où sortaient les Zénètes, grands Dieux?
On ignore comment s'était faite l'alliance,
Mais ils s'étaient entr'eux donné la confiance
De reprendre Tlemcen, sans qu'on ait jamais su
Ce qui leur inspira ce projet décousu ;
Tlemcen était alors une ville importante,
La campagne à l'entour était verte et riante ;
Elle avait des harems nombreux, dont les houris

Eussent été, dit-on, dignes du Paradis (1).
On y trouvait partout plaisirs, richesses, fêtes,
Tlemcen, en ces temps-là, tournait toutes les têtes.
Aux Zénètes surtout, qui l'appelaient Djedda,
Prétendant que ce fut l'un d'eux qui la fonda.
Elle dût aux Romains, par ses jardins superbes,
Son aspect, son climat, par ses fleurs, par ses gerbes,
Par ses champs d'oliviers, ses forêts de thuya,
Et par ses fruits surtout, le nom de Pomaria !
Ces pandours dont, plus haut, j'ai dit la convoitise,
La prirent en commun, par force, par surprise,
Ou par d'autres moyens, et plus de trois cents ans
Tlemcen fut sous le joug des pseudo-musulmans.

Ces récits très-confus veulent qu'on les abrége.
Un Sultan du Moghreb (2), après sept ans de siége,
A son tour la surprit, son nom est Ould-Mansour.
Après lui, nous voyons arriver, tour à tour,

---

(1) Les Houris des Harems de Tlemcen étaient tellement belles,
qu'elles n'avaient point de rivales dans tout l'Orient. — Blidah seul
en possédait d'aussi jolies ; c'est du reste à Blidah (que les arabes
ont surnommé la dévergondée), que les Beys allaient satisfaire leurs
passions sensuelles et s'enivrer à longs flots dans la coupe de Vénus
— Ces odalisques, aujourd'hui encore, passent leur temps couchés
sur les divans ou de grands tapis, entourées de servantes dont les
unes les éventent, et les autres leur frottent doucement les membres.
Il est vrai de dire que de toutes les créatures humaines, la femme
arabe est la plus sensuelle et la plus passionnée : née sous un climat
ardent, elle passe son temps dans une voluptueuse indolence ne s'at-
tachant qu'à satisfaire les plaisirs de son maître.
Les femmes qui vivent en dehors du Harem sont dans des conditions
des plus humiliantes et des plus dégradées, ce qui provient de la
grossière sensualité des dogmes musulmans, de la polygamie et de
l'indifférence avec laquelle les disciples du Coran considèrent le lien
conjugal. Elles sont continuellement séquestrées.

(2) Moghreb, signifie pays de l'Occident, Maroc.

Conquérants puis vaincus, d'abord les Almohades (1),
Les Almoravides (2), puis, plus tard, les Angades (3),
Yag-Mouzeren-ben-Zian, et ce nom de Bédouin (4)
Fait perdre tout désir de poursuivre plus loin.

N'allez pas croire un mot des historiens arabes,
Ils ont plus répandu d'erreurs que de syllabes.
On sait bien cependant que, dans ce pays-là,
Ont régné un grand nombre d'Ali et d'Abd-Allah,
D'Omar, de Soliman, d'un restant de Zénètes,,
Tous gens qu'on n'oserait prendre avec des pincettes,
Qui, pendant bien longtemps, se sont entr'égorgés,
Sans rimes ni raisons, remords ni préjugés.

Pendant longtemps aussi, les Arabes, les Berbères,
Les Kabyles, les Maures se livrèrent à la guerre,
A un tohu-bohu des plus échevelés
Qui a duré, pourtant, plusieurs siècles entiers (5) :
Abd-Allah contre Omar, Ali contre Kaddour.
Admed contre Hussein, Hussein contre Mansour ;
C'est à s'y perdre, enfin, et ces faits historiques
Tous affreux, tous pareils, sont tous soporifiques.
On est surpris, après ces récits rebutants,
De voir en Algérie encor tant d'habitants !

Le carnage fut long et durerait encor
Si le ciel n'eût permis au Cid Campeador (6),

(1) En 980.
(2) De 1050 à 1146.
(3) Les descendants des Angades sont restés dans la contrée et forment encore aujourd'hui deux grandes tribus, entre le cercle de Tlemcen et le Maroc. (Angades gharabas, Angades cheragas.)
(4) En 1248.
(5) Près de sept siècles.
(6) Don Rodrigue, ou Ruy-Blas de Bivar 1040-1099.

Ce héros qui parlait en beaux vers à Chimène,
De prendre aux Musulmans Tolède et Carthagène (1),
D'où leur vint le besoin de vider le pays.
C'était fort bien agir ; les voilà donc partis
De l'Espagne où, jadis, par une sourde trame,
Ils s'étaient introduits (une histoire de femme) (2).
Les Maures, au départ, tenaient comme certain
Un excellent accueil sur le sol Africain.
Ils allaient y trouver des co-religionnaires,
Des parents, des amis, des alliés, des frères ;
Puis, c'est une vertu qu'on a toujours vanté,
Chez l'Arabe du Tell, que l'hospitalité !
Mais ils furent reçus, avec leurs escadrilles,
Comme un caniche l'est dans certain jeu de quilles.
Les Africains en occirent quelques milliers,
Puis ne songèrent plus aux pauvres exilés !
Pourquoi ? L'on n'en sait rien ; l'homme n'est pas parfait;
Il erre quelquefois dans les choses qu'il fait.
On est Arabe, soit, on n'en est pas moins homme ;
On reconnait ses torts, et tout est bien, en somme.
La chose fut ainsi. Les Maures survivants,
Ces proscrits, ces martyrs, eux et leurs descendants,
Graciés, oubliés, devinrent, par la suite,
D'abominables gueux ; c'est eux qu'on vit, ensuite,
Pirates sans merci, parmi les nations (3).
Apporter le fléau des désolations.

(1) Le 4 janvier 1492, au lever de l'aurore, Abou-Abd-Alah, roi des
Abencerrages. après avoir envoyé sa famille et ses trésors dans les
montagnes des Alpujarras, remit les clefs de Grenade à Ferdinand le
catholique ; les chrétiens entrèrent, et leurs étendards furent aussitôt
plantées sur les tours de l'Alhambra, ce ne fut que quelques années
plus tard que les Maures furent entièrement expulsés d'Espagne par
le Cid.
(2) La Cava, fille du comte Julien
(3) La piraterie s'exerçait déjà depuis longtemps, puisque en 1393,

C'est par eux qu'*Icosium*, alors obscur village,
Devint el Djézaïr, reine de cette plage,
Ville que son commerce et la fertilité
Du sol, font du pays la plus belle cité (1) !

Revenons à l'Espagne, où la fuite du Maure
. Semblait devoir fermer la boîte de Pandore.
On avait tout sujet de s'y montrer joyeux,
Mais le peuple espagnol est vraiment curieux,
Ses ennemis n'étaient pas plutôt en Afrique,
Qu'il lui vint cette idée étrange et très-comique,
D'aller les y chercher ; mais, comme on va le voir,
Dans ce monde il n'est pas aisé de tout prévoir.
Certain Don Médina s'en fût un jour de guerre,
Avec Don Diégo ; ils vinrent prendre terre
L'un près de Melilla (2), l'autre à Mers-el-Kébir,
Plus vite qu'en partant on les vit revenir.

Un parti pris, il est pénible d'en démordre ;
Quatre ou cinq ans plus tard, une armée en bon ordre,
Et ne manquant de rien, puisque pour général,
Elle avait à sa tête un fameux cardinal,
L'illustre Ximénès, ce qui donnait la chance
D'avoir des *Oremus* pour doubler sa vaillance.

les Génois demandèrent des secours aux princes chrétiens, le duc de
Bourbon et Jean de Vienne descendirent à Tunis avec une armée fran-
çaise. Le vicomte de Castelbon servit dans cette expédition avec deux
cents cavaliers béarnais. (Histoire du Béarn, par Faget de Baure.)

(1) D'après une légende enfouie dans les poëmes cycliques de la
Grèce, Alger fut fondé par des compagnons d'Hercule qui furent séduits
par l'aspect du pays ; comme ils étaient vingt, ils lui donnèrent le nom
d'Icosium, du mot grec qui exprime ce nombre.

(2) En 1497. — Mélilla est aujourd'hui une colonie pénitentiaire de
l'Espagne, elle est agréablement située sur le bord de la Méditerranée,
sur le territoire marocain ; c'est dans cette colonie qu'eût lieu, en 1846,
l'échange de nos prisonniers de Sidi-Brahim.

Ce prince de l'Eglise, arrivé près d'Oran,
Parvint à débarquer sur le sol Musulman,
Un Juif, par trahison, ayant ouvert les portes,
Oran fut au pouvoir des chrétiennes cohortes (1) :
Ce qui nous prouve bien que, de tout temps, les Juifs
Ont professé du goût pour les maravédis.

L'Espagne avait Oran, possession précaire,
Même au-dedans des murs, en dehors autre affaire.
Après dix ans d'efforts, tant battants que battus,
Les Espagnols étaient à peine parvenus
Jusque près de Tlemcen qui leur faisait envie ;
Mais, de revers souvent une aubaine est suivie ;
Ils durent dans Oran, certes, rentrer bien vite,
Tout comme un vieux lapin qui regagne son gite,
De ce gite, en effet, qui peut les protéger.
Jusqu'en mil sept cent huit, ils n'osent plus bouger ;
Mais on est glorieux, la gloire est une charge,
Pour n'aller pas en long, ne peut-on prendre en large ?
Prenons, dit l'Espagnol ! Et voilà comme au loin,
On le voit occuper parfois, dans quelque coin,
Des murs, un golfe, un cap, Mostaganem, Bougie.
Mais Alger demandait une autre stratégie ;
Pourtant on avait rien si l'on n'avait Alger.
Essayer un assaut offrait quelque danger ;
Les Espagnols vinrent s'installer dans une île
Que l'on nomme Pènon, en face de la ville.
O malice du sort ! à peine débarqués,
Au lieu d'être assaillants, c'est eux qui sont bloqués !
Ils purent fuir à temps, car certain Barberousse
Allait soudain tomber sur eux à la rescousse.

(1) La porte qui conduisait à Tlemcen était gardée par deux Maures
et un juif, vendus à Ximénès, qui l'ouvrirent à l'instant où un bataillon
espagnol se présenta.

Un obscur artisan de race sicilienne,
Epoux d'une Andalouse, habitait Mitylène (1)
Au siècle précédent. Potier de son état ;
Dans ses moments perdus, bandit et renégat ;
Au fond c'était un gueux, surtout propre à mal faire,
Ce qu'il démontra bien en devenant corsaire.
Son nom et son prénom nous sont très-peu connus (2),
Mais il eut quatre fils, dont deux sont devenus
Fameux par leurs exploits ; l'un d'eux, le troisième,
S'appelait Bab-Aroudj ; c'est pour nous un problème,
Comment de Bab-Aroudj, et malgré qu'il fût brun,
On a fait Barbe-rousse ! un nom laid et commun ;
Le dernier avait nom Khéir-ed-Din ; l'histoire,
Pour mieux graver aussi ce mot dans la mémoire,
L'appelle Chereddin ou bien Ariadan.
Ces deux jeunes gredins, leur père étant forban,
Apprirent, en jouant, le métier de leur père,
Et bien qu'ils n'eussent pas le même caractère,
Ils devinrent bientôt des brigandeaux parfaits,
Et possédaient un goût égal pour les méfaits.
Le premier possédait, d'un lion, le courage ;
Le second avait, lui, la prudence en partage ;
Se complétant, l'un, l'autre, ils prirent leur essor
Avec cent flibustiers valant moins qu'eux encor.
N'ayant qu'un seul bateau, d'une ardeur furibonde,
Ils vont de tous côtés, attaquant tout le monde,
Espagnols ou Maltais, Chrétiens, Juifs, Musulmans,
Nul qui soit à l'abri de ces deux garnements.
Ils attaquent Bougie, entrent à la Goulette (3) ;
Un jour, aux Templiers, prennent une goëlette :
Ils en font tant, enfin, que le Cheikh Eutemi,
Tant il en avait peur, veut être leur ami.

(1) Petite île de la mer Egée.
(2) Quelques écrivains l'ont appelé Yacoub, mais on ne peut s'y fier.
(3) Entrée du port de Tunis.

CHANT II

Eutemi, dans Alger, n'était pas sur des roses ;
Il craignait ses sujets par dessus toutes choses.
Ses sujets, à leur tour, contre lui conjurés,
Devant les Espagnols n'étaient pas rassurés.
C'est alors qu'Eutemi eut le projet funeste
D'appeler près de lui Aroudj ; mais la peste
Eut mieux valu pour lui, car le gueux d'Aroudji
Se saisit illico du pouvoir d'Eutemi,
Alors, c'était admis et ne choquait personne,
Que tout moyen est bon qui donne la couronne ;
Aroudj devint donc de voleur..., conquérant.....
Mais c'était pour l'Espagne un rude concurrent,
Et l'armée espagnole eut encore un déboire,
Bien que son noble chef, peu connu dans l'histoire,
Fût l'illustre seigneur Francisco de Véro !
Aroudj le battit sans gêne, *ex-abrupto ;*
Puis gagnant du pays, chaque jour davantage,
Il s'en vint prendre aussi Tlemcen, selon l'usage.

En passant, disons-le, l'Arabe craint les coups,
Et ne vous est soumis que s'il a peur de vous.
Aroudj le savait bien, et c'est en conscience
Le seul motif qu'il eût d'user de violence.
Dieu sait s'il en usa ; Mais cet ex-loup de mer
N'avait plus son moyen d'action le plus cher.
Dans ces lieux où l'on n'a pas même d'eau pour boire,
La noyade n'était qu'un supplice illusoire,
Si bien qu'il ne restait à sa discrétion
Que la corde, le pal, la décollation.

Les choses, en ce point, ne contentaient personne ,
Peu pour lui, c'était trop pour la race autochtone.
Arabes, Espagnols, l'un par l'autre poussés,
Et qui s'étaient ligués après s'être brossés,
Parurent sous Tlemcen ; ils en prirent les portes,
Aroudj n'ayant pas de troupes assez fortes,
Prit le parti de fuir ! Comme il était malin,
Il semait en fuyant, tout le long du chemin,
Son or et ses bijoux, dans le but, tout l'indique,
D'arrêter l'ennemi par cette ruse antique.
Il en fut pour son or et ses bijoux, hélas !
Pourchassé, battu, pris, il trouva le trépas
Près d'un ruisseau nommé, dans la langue espagnole,
Le *Rio Salado,* et que l'Arabe drôle
Appelle l'*Oued Melah* (1), car, effectivement,
Son onde est fort saumâtre en n'importe quel temps.

A peine Aroudj fut-il mort, que son frère
S'y prit pour gouverner de toute autre manière ;
Homme habile, profond, cauteleux, scélérat,
Il détroussait sans bruit et pillait sans éclat ;
Pour commencer, il sut, grâce à son industrie,
Relever le niveau de la piraterie ;
C'est par lui que l'on vit cette institution
De tous les potentats faire l'ambition.
Puis un autre projet parmi les plus burlesques,
Fut de vendre au Grand Turc les Etats barbaresques.
Beau profit, de céder ce qu'on possède mal !
En échange, il reçut le grade d'amiral.
Ainsi, par ce marché normand et collusoire,
L'un eut un don fictif, l'autre un titre illusoire.

(1) En 1518. — Oued Melah veut dire RUISSEAU SALÉ (sur la route
d'Oran à Tlemcen). Les Français y avaient jeté un superbe pont qui
fut brûlé en partie par les Arabes lors de l'insurrection de 1845.

De ces faits éloignés, à peine on se souvient,
Mais, seuls, les Turcs ont cru qu'Alger leur appartient.

Il nous faut de rechef revenir à l'Espagne,
Laquelle avait pour Roi l'Empereur d'Allemagne ;
Cela rendait heureux et fiers tous ses sujets,
Et leur donnait en eux plus de foi que jamais,
De plus, comme ils croyaient, sans la moindre apparence,
Avoir eu, vers Tunis, un succès d'importance,
On les vit un matin descendre près d'Alger (1)
Qu'ils avaient toujours eu le projet d'assiéger ;
Ils étaient fort nombreux : Trente à quarante mille
Qui s'en vinrent camper près des murs de la ville ;
Rien de mieux jusque-là, mais le côté fâcheux
Fut d'avoir attaqué des gens bien plus forts qu'eux.
On ne les battit pas, car voyant tout de suite
Qu'ils ne pouvaient lutter, ils se mirent en fuite.

La gloire, quand on court, est de très-bien courir.
Les Espagnols voyaient, prêts à les secourir,
Cinq cents de leurs vaisseaux, amarrés au rivage.
Mais, tout à coup, voilà que les vents et l'orage
Assaillent cette flotte, et font, en peu d'instants,
Des superbes vaisseaux, quelques débris flottants.
Ce fut un grand désastre et tellement notoire,
Que l'Espagne n'osa s'arroger la victoire.
Aussi ne peut-on pas comprendre que, depuis,
Les Espagnols n'aient plus tourmenté ce pays.
Il ne leur restait rien sur la rive d'Afrique,
Que la ville d'Oran, et le port et la crique,
Ils s'y tinrent encor cent-soixante-sept ans.
On les en délogea ; puis, après peu de temps,

(1) En 1541.

Ils vinrent de nouveau l'attaquer et la prendre.
C'était plus profitable et plus sûr de la vendre ;
Ils la vendirent donc, et depuis lors, en paix (1),
Ils vivent dans Oran plus nombreux que jamais.

Des grecs, des renégats, gens de sac et de corde,
Qui régnaient dans Alger, bien plus que la concorde,
Et qu'on appelait Turcs, contre toute raison,
Arrangeaient le pays d'une étrange façon.

Comme on le voit, les Turcs étaient maîtres d'Alger ;
Personne, dans la ville, n'osait leur résister !
Ils dominaient alors qu'ils étaient les plus forts,
Tandis que les plus faibles devaient faire les morts.

La terreur que ces gens ne cessaient d'inspirer
Obligea le grand Roi d'aller bloquer Alger (2).
Le pavillon français, aux ordres de Duquesne,
Bombarda la cité pendant une semaine,
Sans que les habitants demandassent merci.
Ils en avaient assez, pourtant ; Duquesne aussi,
Qui suspendit le feu sous le prétexte habile
D'aller prendre le frais vers un ciel plus tranquille ;
Mais, au fond, il voulait astiquer ses canons.
Lui parti..., on reprit la chasse aux galions.

Six mois plus tard, Duquesne attaque encore la ville.
Le Dey Hussein-Mezzo, qui n'était pas tranquille,
Fit lier le consul de France Levacher
Devant un gros canon fabriqué dans Alger (3) ;

(1) En 1792.
(2) En 1684.
(3) Cette redoutable pièce de canon fut appelée, par les Algériens eux-mêmes, LA CONSULAIRE. Elle avait été fondue à Alger, en 1552, par un Vénitien, pour célébrer l'achèvement du Môle. Lorsque Alger tomba au pouvoir des Français, en juin 1830, la Consulaire fut transportée à Brest, où elle fut élevée à l'entrée de l'arsenal maritime.

Puis, ce gueux menaça d'envoyer à la flotte,
Pour boulets, les morceaux de son compatriote.
Duquesne se rendit à cela par pitié,
Et l'on fit un traité de paix et d'amitié
Devant durer toujours..... Cela ne dura guère !
Trois ans après, on mit le consul aux galères,
Et les vaisseaux français, qui savaient le chemin,
Revinrent bombarder la Kasbah de Hussein.
Ce dernier essaya, par la ruse ancienne,
D'agir avec d'Estrées ainsi qu'avec Duquesne ;
Cette fois, le consul et tous les prisonniers
Nous furent, en lambeaux, lancés par les mortiers (1) !
Des faits si odieux disent suffisamment
Ce qu'était Hussein Dey et son gouvernement.

Dans ce pauvre pays, l'ordre ne régnait guère ;
La ville et la campagne étaient toujours en guerre,
On se battait partout, à tort et à travers ;
Jamais on avait vu de peuple aussi pervers :
Partout massacres, vols et luttes meurtrières ;
Arabes, Koulouglis (2), Turcs, Maures et Berbères,
L'un sur l'autre acharnés ; puis, à travers cela,
Ali contre Mansour, Daoud contre Abd-Allah,
Et toujours et sans fin ! Mais le moment critique
C'était l'élection du Dey, ce chef unique
De la ville d'Alger. On vit, dans un seul jour (3),
Nommer ainsi cinq chefs qu'on tua tour à tour.

(1) En 1687.
(2) Les Koulouglis sont les fils des Turcs et des femmes arabes.
(3) Le 23 août 1732. — Il suffisait que le candidat arrivât au fauteuil doré et fit tirer le canon en signe de sa prise en possession, il était immédiatement reconnu Dey ; mais si le poignard d'un traître l'atteignait sur ce siége, la lutte recommençait avec fureur ; cinq fois dans la même journée le canon annonça l'élection d'un nouveau souverain, et comme l'intrigue s'était changée en combat acharné, cinq fois son cadavre fut jeté sur les dalles ; le dernier qui succomba dans cette lutte effrénée fut lancé sur les fatals crochets de la porte Bab-Azoun.

L'Etat se fut perdu, dans cette boucherie,
N'était l'ordre parfait de la piraterie.
Industrie, art, métier, jamais source de gain
N'avait encor donné de profit plus certain !

CHANT III

Temps civilisés

Une richesse dont l'Afrique fut dotée
Lorsque Kheir ed Din commandait la contrée,
Fut l'affreux esclavage, ainsi que la rançon
Des gens qu'il enlevait à chaque nation.

Sur les flots voyez-vous cette fine tartane
Dont le zèphir gonflait la voile diaphane ;
Un pilote indolent, le gouvernail en main,
Sans boussole, au hasard, se fiant au destin,
Allait, rasant le bord, près de ces beaux rivages,
Où fleurit l'oranger, où sous de frais ombrages
Viennent rêver, le soir, des groupes amoureux,
Où vivre seulement suffit pour être heureux !...
Tout à coup, cent bandits descendus sur la plage
Ont, en un tour de main, dépeuplé le rivage.
Plus de chants, de soupirs, mais des cris et des pleurs,
Et la barque fuyant sous l'effort des rameurs.

Le coup est fait. Tandis que des cités entières
Appellent leurs enfants, les fils sont aux galères,
Les filles au harem. D'autres fois, l'attentat
Se fait de vive force et devient un combat.

Tout navire, s'il a de riches marchandises,
N'est plus qu'un ennemi qu'il faut qu'on dévalise.

C'est par de tels moyens qu'on avait, dans Alger,
Pu, voilà trois cents ans, réunir, mélanger
Trente mille chrétiens de toutes les paroisses,
Parmi lesquels étaient, dans de vives angoisses,
Du beau sexe, à peu près deux cents échantillons.
Tel est le compte exact, du moins si nous croyons
Ce que dit là-dessus un pieux missionnaire,
Nommé le père Dan, écrivain débonnaire.
Les captifs, suivant lui, n'avaient, dans leurs travaux,
Qu'un seul droit, celui d'être employés aux moins beaux;
Et leurs maîtres, selon ce qu'il nous persuade,
D'autre mal que de leur donner la bastonnade.
Ils possédaient aussi, ces hardis écumeurs,
Soixante-dix vaisseaux de chacun cent rameurs,
Portant de vingt-cinq canons, jusques à quarante ;
En trente ans, ils avaient, sans droit et sans patente,
Volé six cents vaisseaux, valant au prix moyen
Trente-trois mille francs chacun, ce qui n'est rien !
En effet, si grande que soit la confiance
Qu'on prête au père Dan, ce compte de finance
Vous jette, en y pensant, du doute dans l'esprit ;
C'eût été récolter un bien mince profit,
Pour un Dey ; c'eût été grandement mal habile,
N'avoir par an que six cent soixante-six mille
Six cent soixante-six francs, sans compter les frais,
Les risques, les débours, non-valeurs, intérêts.....
Non, ce ne sont pas là des chiffres authentiques !
De Dan je ne puis pas avaler les rubriques,
Et le soupçonne fort de nous mettre dedans.
Ce bon père, d'ailleurs, s'éloigne du bon sens
Jusqu'à des calembours ; par exemple, il assure

que l'esclave, parmi les peines qu'il endure,
Et parmi les jardins, mouillés de ses sueurs,
Trouve plus de soucis encor que d'autres fleurs.....
Ne vous semble-t-il pas que ce père extravague,
Et que tout son récit n'est qu'une affreuse blague ?

Nous voici parvenus, en négligeant les faits
Sans aucune valeur, au jour où les Français
Vont balayer, d'un coup, toute cette canaille,
Et se donner un champ permanent de bataille.

Dans l'histoire, il est peu de grave événement
Qui n'ait eu pour motif une question d'argent.
La conquête d'Alger n'eut pas une autre cause.
Certain marché passé par le Dey, dont la clause
Portait que ce dernier, à certain jour, rendrait
Un capital à lui prêté, plus l'intérêt,
Fut la goutte qui fait que le vase déborde.
Le Dey ne payant pas, on réclame. J'accorde
Que si le capital était de peu de poids,
L'intérêt cumulé le dépassait cent fois.
A de pareils traités on peut se laisser prendre ;
Mais on doit convenir qu'il est bien dur de rendre
Quand on est Dey surtout, et qu'on a du canon.
Aux plaintes du consul, Hussein répondit : non !
Mais l'autre, pour placer ses fleurs de rhétorique,
Parla tant, et si fort, que le Dey, pour réplique,
Dédaignant, au surplus, d'entrer dans le détail,
Rabattit son caquet par un coup d'éventail !
Jamais coup d'éventail, sur la terre et sur l'onde,
N'avait fait, jusque là, tant de bruit dans le monde.
Ah ! si le Dey Hussein eut été plus lettré,
Si, de Victor Hugo, l'esprit mieux pénétré,
Il avait médité les vers des Orientales,

Il eut pû s'écrier à ces heures fatales,
Demandant qu'on laissât le sultan au Sérail,
Le pirate à la mer et les flots à leur rive :
    « Faut-il qu'un coup de canon suive
    « Chaque coup de mon évantail ? »
Mais il ne le dit pas, et c'est pourquoi la France,
De son consul gifflé, prit en main la défense,
Et pourquoi nos soldats, affrontant le danger,
Sur ce sol inconnu s'en vinrent débarquer ;
C'est le quatorze juin de l'an mil huit cent trente,
Près de Sidi-Ferruch. qu'eut lieu cette descente.
Les Arabes, depuis, célèbrent ce beau jour,
afin de nous prouver, par ordre, leur amour.
Or, à partir de là, l'histoire d'Algérie
Devient l'histoire aussi de la mère patrie,
Et c'est avec respect qu'il nous faut la traiter.
Non pas que, depuis lors, on ne puisse citer
Bien du comique encor ; mais enfin, il importe
A notre dignité, qu'un auteur ne rappporte
Que le côté des faits héroïques et brillants,
Et du vrai ; c'est aussi, de tous, le plus saillant.

Cette narration va donc ici se clore,
Mais il me reste un mot, un seul à dire encor:
Mon travail, cher lecteur, tout confus qu'il parait,
Est pris à bonne source et présente l'extrait
De plus de quinze mille et quatre cents volumes,
Gros, petits, vrais, douteux, apocryphes, posthumes,
Inconnus ou connus, imprimés, manuscrits,
Ecrits dans tous les temps et dans tous les pays.

VICHY. — IMPRIMERIE C. BOUGAREL. (1274)

142

VICHY. — C. BOUGAREL, IMPRIMEUR,

Rue Lucas, Ancienne Intendance.

www.ingramcontent.com/pod-product-compliance
Lightning Source LLC
Chambersburg PA
CBHW072258210626
46818CB00017B/1851